하늘아
하늘아

서시序詩

노을이 내리는 하늘처럼
은은히 온 세상을 비출 수 있다면
나는 노을이고 싶다

십자가에서 떨어진 한 방울 피가
온 땅을 물들이듯
하늘과 바다와 산과 땅이
햇빛에 붉게 물들고
구름마저 사랑에 빠졌다
사람들의 발걸음도 멈추었고
마음도 빼앗았다

노을이 내리는 하늘처럼
조용히 온 땅을 물들일 수 있다면
나는 노을이고 싶다.

2017년 새봄
책을 열며
시인 박도훈.

목차 CONTENT

해설

원초적 미학(原初的 美學)의 시 마당　115

하나
아침이 좋다

아침은
햇살이 선물하는
희망과 기대
그리고 설렘입니다.

새아침의 기도

창문을 열면
새로움의 공기가 밀려오고
신선한 기대감 가슴깊이 느껴질 때
새아침으로 행복하다

오늘을 시작할 수 있고
이 자리에 있음에
사랑하는 이와 함께 하기에
주님의 사랑을 받음에
행복하다

멀리 떨어져 있기 때문이 아니라
곁에 있어도 그리움인 것은
가슴조려 기도하는 것은
그대가 정말로 행복하기를 바라기 때문이며
오늘 아침도
그렇게 기도를 담았다

새아침은 언제나
행복하다.

봄비 내리는 날

"봄비가 오니까 눈물이 나
뒤돌아보니 아득히 보이지 않는데,
앞을 보니 다 온 것 같아
거울을 보니 왠 할아버지가 들어 앉아있어"
날마다 수영장에서 만나는 어르신이
아침인사로 건넨 말

오늘은
하루 종일
내 마음에
내
린
다.

그대가 있어만 주어도

이른 아침에 부르는 마음의 노래는
오른 햇살 맞으며 지저귀는 산새처럼
설레임과 기대감으로
가득하다

고단하게 살아갈 하루
바쁘게 시작되는 시간이지만
우리가 힘겹지 않게 아침을 맞음은
그대가 있기 때문....
밀려오는 구름 같은 힘겨움을 보지말고
햇살같이 맑은 그리움을 보며
사랑의 노래를 부르자

살아온 상처 굵은 오랜 고목처럼
굳이 말없이 그렇게
당신의 자리에 서 있기만 해도
그것은 삶의 의미

그대가 있어만 주어도
아침은 행복하다.

아름다운 그대

아름다운 그대
당신을 사랑하오
달빛이 어두운 세상을 포근하게 감싸듯이
두 팔을 벌려 두려움이 사라지도록
나, 그대를 안아 주는 달빛이 되렵니다

아름다운 그대
당신을 사랑하오
흐르는 음악이 마음을 편안하게 감싸듯이
슬픔을 잊고 잠을 잘 수 있도록
나, 그대를 재워주는 음악이 되렵니다

아름다운 그대
당신을 사랑하오
눈부신 아침 빛깔에 세상이 잠에서 깨어나듯이
고운 창가에서 따스함을 주도록
나, 그대를 깨우는 빛깔이 되렵니다

아름다운 그대
당신을 사랑하오
나, 그대를 사랑하오.

부활의 봄바람

겨울잠에서 깨어난 양지바른 밭두렁
파릇파릇 돋아난 새싹에서
앙상하게 죽었던 겨울나무 가지
비집듯 솟아오르는 연두색 봄빛에서
새 생명의 부활을 보았다

수많은 채찍과 고난에도
아무런 저항 없이 고통을 몸으로 받으시고
십자가위에서 힘없이 죽을 때
세상은 주검을 무덤에 가두었다
그러나 어두움을 이기고
세상의 조롱과 의심의 무덤을 깨뜨리고
주는 그리스도시오 전능하신 하나님의 아들이심을
온 천하에 선포하셨다
부활하심으로....

이 세상에 충만한 부활의 그리스도여
우리 가슴에 봄빛으로 오소서
살아갈 땅위에 돋아나고 솟아올라
그대의 마음이 가득한 세상이 되게 하소서
부활의 봄바람으로.

빈센트 반 고흐의
'씨 뿌리는 사람'

반 고흐가 그려낸 그림들은 대부분 유명한 작품이다.
사람들은 그의 그림을 좋아한다. 나도 그의 그림이 좋
다. 왜냐하면 그의 그림은 우리가 살아가는 삶의 공
간속에 있는 것들을 소재로 삼았기 때문에 비교적 부
담없이 그림을 대할 수 있기 때문이다. 그의 작품 중
'씨 뿌리는 사람' 은 예수님의 마음을 공유할 수 있
어서 좋다. 그는 석양이 깔려 온 세상이 풍요로운 빛
깔로 변하기까지 씨를 뿌리는 사람을 이야기하고 있
다. 나도 그런 농부이고 싶다.

파초의 사랑

갸날픈 몸짓으로 바람에 흔들리며
쓰러질 듯 쓰러질 듯
기다리는 파초여

아주 소박한 마음과
겸손한 마음으로
하늘의 시간을 채우리

비가 내리고
바람이 부는 새벽에도
그렇게 서서
다가오는 시간을 맞이하리

파초의 사랑으로.

부활

꽃밭을 정리하며
괄시하듯 묻어버렸다

차가운 겨울
깡마르게 얼어버린 땅처럼
기나 긴 어두운 밤만큼
죽었으리라
까맣게 잊어버렸다

봄볕을 받으며
파릇파릇 자라나
노랗게 피어난 꽃 한 송이
수선화.

자전거 세상

걸을 때 볼 수 없던 것들을
자동차로 달릴 때 볼 수 없던 것들을
자전거를 타면서 보았다

보일 듯 들려오는 시냇물소리 사이로
풀냄새가 뺨을 스치고
뭉게구름 사이 불어오는 바람 빛깔도
농부의 손에서 자라난
흐드러진 옥수수 수염도
모두가 새롭다

두 바퀴 자전거 굴러 갈 때
빠르지도 않게
느리지도 않게
언제나 자기 힘에 맞추어
소리도 향기도 바람도
인생과 함께
굴러 간다.

성산포에서

아름다운 제주
성산포 끝자락에 살포시 얹어진
시인의 거리에서
나는 그대를 많이 그리워합니다

바다가 설교를 하고
목사는 바다를 듣는 그곳에서
나 역시 시인처럼
잔잔하고 섬세하게
가슴 먹먹히 서려있는
그 한줄기 바람이 불어오기를 기도합니다

몹시도
푸르고 높습니다
손바닥만 한
한 점 구름이 아름습니다

성산포의 하늘은
언제나 그럴 것입니다.

느보산에서

아름다운 그 땅
나 들어가리라 청했지만
그 땅을 바라보는 것으로 만족하라며
그 분은 내게 허락하지 않으셨다
아쉬움을 안고
사랑하는 내 백성들에게만
아름다운 땅 잘 가꾸어
행복한 땅 만들라고 당부하고 당부하며
그저 그 곳을 내려다보며
그분께로 돌아갔다
아침으로 만나를 저녁으로 메추라기를
구름기둥으로 불기둥으로
40년 광야생활 돌아보며
감사한 마음속 추억을 날개삼아
그분께 올라가 뵈오니
그제서야 알았네
바라보고 가야 할 곳
가장 아름다운 땅이
하늘에 있음을....

숯

시커멓게 타다가만 몸둥아리
무슨 미련이 있어
숯으로 남았는가?

또 한 번 불꽃으로 타오르려고
못된 세상의 악취를 없애버리려고
속까지 태웠는가?

아무도 알아주는 이 없는
기나 긴 세월
그리고 시커먼 가슴 속
그래도 쓸 곳이 있어 기다리는
그대는 사명.

까치집

바람이 불어
나뭇잎 모두 떠나고 나면
수줍은 술래처럼 덩그러니
그만 들켜버렸다
마른 가지 사이 불어오는 겨울바람에
흔들리다가 흔들리다가
체념하듯 그냥
바람을 맞는다
바람이 지나가고
어두운 밤이 지나가면
떠나간 푸른 새 돌아와
빈 둥지 지켜 주겠지
동구 밖 아이
장에 간 엄마를 기다리듯
고개를 높이 빼들고
구멍 난 가슴속 시린 바람 참고
흔들리듯 기다린다.

대나무

높은 하늘이 좋아
위만 바라보고 올라가는
너의 믿음이 부럽다

텅빈 마음이 좋아
속을 시원하게 비워버린
너의 겸손이 부럽다

곧은 생각이 좋아
절대 간사하게 굽지 않는
너의 지조가 부럽다

밝은 내일이 좋아
오늘 마디마디 아픔 참는
너의 인내가 부럽다.

백일홍

백일 정도 피어 있기에
그대에게 붙여진 이름 백일홍
누군가를 그리워하기에
그대에게 붙여진 이름 백일홍
백일 동안이라도
피어 있을 수 있다면
백일 동안이라도
그리워할 수 있다면
그대, 너처럼.

※ 백일홍의 꽃말 "그리움"

꽃과 벌

부지런한 꽃
부지런한 벌
아직 퇴색한 낙엽사이로
아직 차가운 바람사이로
봄소식을 전하는
너.

● 일년 중 가장 먼저 피는 꽃 복수초 위에 벌 한 마리가 앉았다.

새해를 여는 노래

새아침의 태양이 떠올라
여전히 눈부신 주홍빛 햇살이
온 세상에 퍼져
햇빛으로 가득하다

누구도 감히 대항할 수 없는
그래서 거룩한 시간
그 앞에 겸허히 머리를 숙여
새롭게 살겠노라 기도 한다

굽이쳐 흐르는 강물을 따라
이 강토에 주님의 은혜가 흐르고
그곳에 자란 푸른 들녘처럼
온 세상에 주님의 계절이 영글게 하소서
사랑하는 이들이
튼튼한 몸과 마음으로 살아가는
행복한 새해가 되게 하소서

솟구친 독수리
푸른 하늘 자유롭게 날듯이
뒷동산 아침햇살사이
지저귀는 산새들의 합창처럼
그렇게 재잘거리며 살아 갈
새 날을 노래하자.

둘
하늘이 좋다

하늘은
언제나 그곳에서
묵묵히 바라보시는
그 분이 있어 좋습니다.

하늘아, 하늘아!

하늘아, 하늘아!
너는 왜 말이 없느냐?
다 보고 있으면서
답답한 마음을 다 알고 있으면서
왜 아무 소리 없는게냐?

그렇지,
영원히 펼쳐진 채로
그렇게 있는 것이 대답이겠지
구름도 품고
바람도 품고
어둠도 품는
그것이 대답이겠지.

삶에 지친 그대에게

그대,
마음에 구름을 걷어보라
언제나 태양은 빛나고 있으리
나약함과 두려움을 버리면
그대, 가슴은 언제나 푸른 하늘

어두움이 짙을수록
하늘의 별은 더욱 빛이 나고
바람이 불어 별이 지면
아침이 오나니
그대, 일어나라

담쟁이 끈질긴 생명력으로
힘차게 붙고 뻗어 올라
산을 이루듯
그대, 사랑하라.

사랑하기 때문에

그대가 만일
새처럼 하늘을 날아
자유를 찾아 떠나고자 한다면
나는 그대를
기쁘게 보내 드릴 것입니다

그대가 만일
바람처럼 보이지 않게
무작정 사라지고자 한다면
나는 그대를
묵묵히 보내 드릴 것입니다

그러나
이 세상 어디에도
자유가 없음을 알기에
나는 그대를
보내 드릴 수
없
습
니
다.

내려놓음 1

하늘을 버리고
바람에 밀려 떨어지는 빗방울
가장 낮은 땅위에 자기를 버린다

한 줄기 물로 내려와
땅을 적시고 뿌리를 적시어
한 그루 나무를 키울 수 있다면....
그러나 그 미련마저
모두 버린 채

땅으로 가든
강으로 가든
바다로 가든
어디로 가든지 상관없이
그냥 맡긴다

모두
내려놓았다.

내려놓음 2

바람을 따라서
끝없이 긴 시간을 허공에 맡겨
아주 가늘고 긴 빗줄기로 내렸다

깊은 산속 바윗돌 사이로
몸을 부딪쳐 소리 내어 울며
조용한 옹달샘에 머물 수 있다면....
그러나 그 미련마저
모두 버린 채

숲으로 흘렀다
시냇가로 흘렀다
강으로 흘렀다
호수로 흘렀다
그리고 바다로 흘렀다

그것은
내려놓음이다.

아리랑

스치고 지나가는 바람처럼
그렇게 그냥 지나가게 둘 것을
무심히 흘러가는 강물처럼
그렇게 그냥 흘러가게 둘 것을

자네, 무얼 그리 미련을 두는가?
오는 사람 막지 말고
가는 사람 잡지 않는
사랑의 미학을 벌써 잊었나?

자네!
앙상한 가지위에
휑하니 까치집 걸려있는
뒷동산에 올라
아리랑이나 힘차게 부르고
내려오게나.

나중에

잔잔한 호수나
푸른 바다가 내려다보이는 언덕에
작은 집을 지어
마당에는 잔디를 심고
저녁풍경을 향기 삼아 차를 나눌 수 있는
흔들의자와 그네를 만들고
거실에는
꼭 벽난로를 만들어
장작 타는 냄새와 소리에서
행복을 느끼며 살아야지
신문도 뉴스도 전화도 필요 없고
가끔씩 벗들이 찾아와 주면 좋겠고
아들 며느리 손주들 자주와 주면 고맙고
그냥 아내와 둘이서만 살아도 좋다
시골교회 종각을 보며 기도하고
음악을 들으며
시를 쓰고 차를 마시고
벽난로가 꺼지기 전에 나무를 집어넣으며
그렇게 살아야지
나중에....

구름

바람을 따라
마음의 성을 쌓고 허물고
그렸다가 지우고
꿈을 펼치다가
땅으로 내려와
생명을 낳는다.

저녁 하늘

내 마음에
허전함이 있음은
기나 긴 강물처럼
세월이 흘러갔기 때문입니다

내 마음에
쓸쓸함이 있음은
휘돌아 온 바람처럼
그리움이 몰려오기 때문입니다

오늘도
저녁하늘이
흘러가고
몰려옵니다.

시(詩)를 그리며

저녁마루에 어둠이 걸려있는 시간
깡마른 나뭇가지를 지나간 바람처럼
마음이 휑하니 비어서
시(詩)가 끊어진지 오래다

떠나간 마음을 찾아 종일 쏘다녀도
줄이 끊어진 연처럼 사라지는 그리움은
그렇게 떠난다

사랑을 노래하며
하늘까지 닿을려고 긴 꼬리 헤엄치며
힘차게 날던 가오리연은
우리가 꿈꾸던 행복 날개

촌가에서 흘러나오는 저녁연기가
온통 세상을 자욱하게 안고
하루를 닫으면

더욱 시(詩)가 그립다.

낮아짐

높아짐을 버리고
더 낮은 곳을 향해
아래로 아래로
낮아질수록

물은
시내를 이루고
강을 이루고
마침내, 바다를
이루었다.

하산하며

늘 보던 그 꽃이
오늘은 유난히 아름다웠다.
꺾어다가 창가에 꽂아둘까
많이도 망설였지만
그곳에 피어 있는 그 꽃을
오래도록 보고 싶어
그냥 돌아섰다

그러나
아직도 마음에
아쉬움이
남는다

그
리
움
으
로.

개나리공원에서

까까머리 어릴 적 친구가
개나리공원에
대표이사로 근무한다

언제나 조용하고
아늑한 언덕마루위로
새 소리 바람소리 간간히 들리는
울 아버지 누워계신 그 곳
자판기 커피 빼어들고
소나무 숲 나무의자에 앉으면
하염없이 평온한 그 곳

친구는 좋겠다
속 썩이는 사람도 없는
조용한 곳에 있어서.

※개나리공원-충북 제천에 위치한 공원묘원이다.

바위처럼

오랜 세월
해와 달과 바람과 비 그리고
인내함으로 만들어진
그대는

언제나
말이 없습니다
변함이 없습니다
그 자리에 있습니다

어디에 있나요?
오늘은
그대 같은 사람이
그립습니다.

성찬에 참여할 때

떡과 잔을 주시며
찢겨진 몸과 흘려진 보혈이니
나를 기념하라는 주님의 음성 들려와
골고다 언덕위에 피 흘리신
주님을 생각합니다

떡과 잔을 주시며
합당하지 않게 받는 자는
죄를 짓는 것이라는 주님의 음성 들려와
죄 가운데 빠져 넘어지고 쓰러지는
나 자신을 생각합니다

떡과 잔을 주시며
주님의 죽으심을 다시 오실 때까지
세상에 전하라는 주님의 음성 들려와
주님을 알지 못하고 죽어가는
이웃을 생각합니다.

동행 1

당신은 오늘 하루
어떤 생각을 하며 살았나요?
주님을 바라보며 기도하는 마음으로 살았다면
그것은 동행입니다

당신은 오늘 하루
어떤 말을 하며 살았나요?
누군가에게 힘이 되고 주님을 자랑하며 살았다면
그것은 동행입니다

당신은 오늘 하루
어떤 노래를 부르며 살았나요?
허공에 사라지는 노래가 아닌 주님을 찬양하며 살았다면
그것은 동행입니다

당신은 오늘 하루
어떤 행동을 하며 살았나요?
누군가를 돕고 섬기는 삶을 살았다면
그것은 동행입니다.

이 길을 가는 그대에게

만약 누가 그대에게
이 길을 가는 이유가 무엇이냐고 묻는다면
그대는 높은 하늘에서
주님의 음성을 들었기 때문이라고 말하십시오

만약 누가 그대에게
이 길을 가는 목적지가 어디냐고 묻는다면
그대는 가나안이 내려다보이는 느보산 자락에서
걸어왔던 길을 돌아보고 싶다고 말하십시오

만약 누가 그대에게
이 길을 가며 하고 싶은 일이 무엇이냐고 묻는다면
그대는 꺼져가는 촛불하나까지
사랑하고 싶다고 말하십시오

만약 누가 그대에게
이 길을 가며 부르고 싶은 노래가 무엇이냐고 묻는다면
그대는 코스모스 가득 피어 있는 들길을 걸으며
감사를 노래하고 싶다고 말하십시오

만약 누가 그대에게
이 길을 가며 드리고 싶은 기도가 무엇이냐고 묻는다면
그대는 예쁘게 잘 가꾸어진 교회 정원에서
가족과 함께 행복을 기도하고 싶다고 말하십시오

만약 훗날 누가 그대에게
이 길을 어떻게 걸어왔냐고 묻는다면
돌아보면 아쉬움도 있지만
나름 눈물겨운 길이었다고 말하십시오
이 길을 가는 그대여.

아버지

두고두고 생각해보아도 그렇다. 아버지 살아계실 때, 내가 가장 잘 한 일 한 가지는 당신께서 누우실 그 자리를 미리 사드린 일이다. 누워계신 그 자리를 당신과 함께 보러 간 그 날, 장날에 새 옷을 사러간 아이처럼 좋아하셨다. 무성하게 자라나 어린아이 짧은 머리카락처럼 깎아진 잔디가 나를 위로하지만, 오늘도 여전히 그 분이 그립다.

목양일념

폭포를 뚫고
오르고 또 오르며
고향을 찾는
연어처럼

오직
소떼에 마음을 두고
양떼를 몰고 가는
하나의 마음으로만
그렇게
가라.

셋

가을이 좋다

가을은
그리움과 풍요로움이
함께 공존하는
시인의 계절입니다.

가을날의 독백

만약 누가 나에게
가을이 좋은 이유가 무엇이냐고 묻는다면
나는 높은 하늘에서
주님의 사랑을 배울 수 있기 때문이라고 말할 것입니다

만약 누가 나에게
가을에 가고 싶은 곳이 어디냐고 묻는다면
나는 짙게 물든 단풍산을 오르며
계절의 아름다움을 누리고 싶다고 말할 것입니다

만약 누가 나에게
가을에 하고 싶은 일이 무엇이냐고 묻는다면
나는 낙엽이 쌓인 공원에 앉아
그윽한 커피 한잔을 마시며
시집을 읽고 싶다고 말할 것입니다

만약 누가 나에게
가을에 부르고 싶은 노래가 무엇이냐고 묻는다면
나는 코스모스 가득 피어 있는 들길을 걸으며
사랑을 노래하고 싶다고 말할 것입니다

만약 누가 나에게
가을에 드리고 싶은 기도가 무엇이냐고 묻는다면
나는 황금 파도 일렁이는 들녘에서
인생의 풍요함을 기도하고 싶다고 말할 것입니다.

가을 앞에서

문득 바람이 불면
너무도 행복 하다
진하지 않은 갈색 들녘에서
풍성한 노래를 들을 수 있기 때문에

한여름 뜨거운 볕 받으며
온 몸으로 열매를 만들고
이제는 사명이 다 되었다 싶어
찬바람에 스스로 물러가 떨어진 낙엽
그래서
머리가 숙여 진다

그대처럼만
성실할 수 있다면
겸손할 수 있다면
이 가을 앞에서
부끄럽지 않을 것을.

낙엽의 철학

가을이 되어 나무에 붙어 있던 푸른 잎들이 색바랜 모습으로 힘없이 떨어지는 것이 '낙엽'이다. 한 여름 내내 강한 태양빛을 몸으로 받아 짙푸르게 그을르며 양분을 만들어 줄기로 뿌리로 공급하다가, 가을이 깊어가면서 기온이 떨어지고 공기 중의 물기가 점차 없어지면 물이 자기 몸에서 빠져나가는 것을 막기 위해 자신이 스스로 몸에서 떨어져 나간다. 자신의 희생으로 전체를 보존하려는 아픈 몸짓이다. 그것은 자기 삶에 최선을 다하는 성실한 모습이며, 때가되면 스스로 물러나야 함을 알고 미련 없이 떨어져 나감으로, 죽는 순간까지 나무를 지켜내려는 숭고하고 아름다운 몸부림이다. 그것이 낙엽의 철학이다.

감나무 언덕

앙상한 가지가 아쉬워
꽃으로 피었다

아니,
차가운 겨울이 안타까워
활활 타오르는
불꽃이 되었다

아
가을이 사랑을 한다.

가을의 강

나는 지금
그대의 손을 꼭 잡고
아름다운 들녘에 펼쳐진
가을의 강을 건너고 있습니다

언제부턴가
눈에 들어왔다가 사라지던
그 들꽃을 꺾어들고
돌부리를 피하여
거센 물결사이를 건너고 있습니다
뒤를 돌아보면 두려워질세라
무섭다고 돌아가자 할까봐
손을 꼭 잡고 가고 있습니다

강 건너에 다다르면
서로의 볼을 쓰다듬어주고
아무도 없는 숲속을 거닐며
모닥불을 지펴 따스함으로
그대만을 위한 노래를 불러 주고
사랑의 성을 쌓아 줄 것입니다

나는 지금
그대의 손을 잡고
가을의 강을 건너고 있습니다.

갈대

지난 어두운 밤
태풍이 몰아쳐 쓰러진
가냘픈 몸
이른 새벽 기운 차려
다시 일어선 그대
구름사이
여전한 바람이
흩어진 머리칼 사이 일렁여도
어느 새
푸른 색 차려입고
노래하는 그대.

펴는 손

할 수만 있다면
손을 넓게 펴서 살자

인생을 살다가
길을 잃고 방황하는 이를 만나면
바르게 갈 수 있는 안내의 손으로
가진 것 없어 추운 이를 만나면
조금이라도 줄 수 있는 따뜻한 손으로
몸이 약해 절룩이는 이를 만나면
그를 부축해 줄 수 있는 든든한 손으로
배움이 부족해 갈증하는 이에게는
작지만 가르치는 손으로
못 자국 선명한 그 분에게는
언제라도 펼 수 있는 넉넉한 손으로

산처럼 물처럼
끝없이 주기만 하는
펴는 손으로
그렇게
살자.

흐름의 노래

흐르는 시냇물이 '졸졸졸' 아름다운 음악이 된 것은 물 속에 있는 들쭉날쭉한 돌멩이들의 저항 때문입니다. 그러나 물은 그들을 피하여 도망하지 않습니다. 그들을 타이르고 쓰다듬고 어루만져 주며 끝없는 노래를 만들어 냅니다. 우리가 살아가는 인생위에 크고 작은 돌부리들이 가로막을지라도 비겁하게 도망하지 말아야 합니다. 그것을 원망하지도 말아야 합니다. 보듬어 안고 품고, 때로는 가슴이 도려져 피가 흐를지라도 우리는 마침내 아름다운 인생을 노래해야 합니다. 시냇물처럼...

베들레헴의 노래

뉴스시간마다 계속되는
절전운동 때문에
행여 '개념 없는 교회' 라고
닫혀 진 마음을 더 닫을까
세상사람 눈치 보며
교회당 성탄 트리를 포기하니
주님께 죄송하고 마음이 편하지 않았다
돈 싸움 자리싸움
온갖 욕심으로 가득하며
성탄장식 휘청거리는 예루살렘 보다는
어둠으로 장식하고 눈망울이 반짝이는
베들레헴 말구유가 차라리
그립다는 주님이 위로를 주셨다
제발,
이제 그만
베들레헴으로 돌아가자.

절제

아들아,
향수는
살짝만 뿌려라

너무 진하면
오히려 매력이 떨어져
너에게서 멀어지고 싶어지며
날듯 말듯 함에
가까이 올 것이다

넘치지 않고
부족하지 않게
빠르지 않고
느리지 않게

마음의 선을 지켜
그렇게 살아라.

온유

누가 그대를
은전 서른 개에 팔아넘긴다 해도
그냥 웃을 수 있다면
그대는 온유한 사람입니다
누가 그대를
세 번씩이나 부인한다 해도
그럴 수도 있지 하고
너그럽게 받아들일 수 있다면
그대는 온유한 사람입니다
때로는
바보스러우리만큼 손해를 보고
고통스러운 억울함을 당해도
따스함과 부드러움으로
용서하고 감싸줄 수 있는
그런 넓음이
필요한 세상입니다.

울고 싶네요

찌푸린 하늘
팔을 뻗어 손가락으로
푹 찌르면
와르르
쏟아질 듯한
마음.

왜 이러지?

자꾸만
눈물이 난다

하늘을 보아도 그렇고
누군가와 이야기 하다가도 그렇고
드라마를 보다가도
그냥 슬프다

왜 이러지...

모래시계

뛰어 가다 보면 걸어가고 싶고
걸어가다 보면 서있고 싶고
서 있으면 앉고 싶고
앉으면 눕고 싶고
누우면 자고 싶은
나
눕지 말고
일어나 앉고
앉아 있기 보다는 서고
서 있기 보다는 걸어가고
걸어가기 보다는 열심히 뛰어가자.

이제는

사계절을 따라
즐겨 입던 옷 몇 벌과
구두와 운동화도 한 켤레만 남기고
책장에 가득 꽂힌
손길 한번 못 받는 책들도
모두 나누어 주고
정리하면 좋겠다

내 삶의 모든 것들을
여행용 가방 두 개 정도로만
담을 수 있으면 좋겠다
이제는
그렇게 살고 싶다.

여유

짧으면 어떻고 길면 어떠랴
좁으면 어떻고 넓으면 어떠랴
낮으면 어떻고 높으면 어떠랴
작으면 어떻고 크면 어떠랴
다 거기서 거기지

이러면 이런대로
저러면 저런대로
그러면 그런대로

다 그렇게
사는 거지.

커피 이야기 1

하루 중
가장 행복한 시간이 언제냐고 묻는
누군가의 말에
당근, 말씀을 묵상하고 기도하는 시간이라고
말하지 못했다

아침에
하루를 시작하는 책상에 앉아
음악을 들으며 커피를 마실 때라고
그렇게 말했다

왠지
쑥스럽다

커피,
너 때문에
내 마음 들켰다.

커피 이야기 2

오늘은
좀 천천히
더 깊게 더 넓게
그렇게 해야지

그런데
그런데
언제 비워졌지?

비워진 잔속엔
아쉬움만이 가득
담겨 있다.

까다로운 놈

나는
잘 볶아진 커피 원두를
직접 갈아 내려서 마신다
가급적 음악을 들으며...

예전에
누군가에게
자판기 커피를 권할 때
원두커피만 마신다고 거절하면
속으로 '까다로운 놈...' 하고
흉을 보았었다

커피를 알고
맛을 알고
오늘도 그 맛에 빠져 있는 나는
결국 까다로운 놈이 되었다.

넷
인생이 좋다

인생에는
바람과 세월이 익어가는
아름다운 소리가
들려옵니다.

저녁 풍경

하루가 다 지나고
서산에 노을이 지는 저녁 무렵
너무 어둡지 않은 은은한 저녁 빛깔
아름답다
마지막 빛줄기
나뭇잎사이로 비추어오는 그림자는
막연한 그리움이다.
뛰고 달리고 각박하던 하루를 내려놓고
내일을 준비하듯
마음이 조용하고 여유가 있어 좋다

이유 없이 그립다
하염없이 아름답다
눈가에 이슬이 내린다

두 눈을 감은 얼굴에서
겸손함이 보여지고
살아온 세월이 아름다워 보이는
적당한 주름사이로
깊이 묵상하는 믿음이 풍겨지는
평온함이 있으면 좋겠다
저녁 풍경처럼....

몸살

원하지 않지만
간간히 다가오는 그 놈이 밉다
죽을 만큼 끙끙 앓게 하지만
결국 툭툭 털어버리고 일어서야만 하는 것
목회가 꼭 그렇다

나는 지금
몸살중이다.

방황

잔뜩 찌푸린 하늘이
왈칵 눈물을 쏟아내려고 한다

우울함의 구름이
모든 세상을 뒤덮고 있다

하늘이
방황하고 있다.

등산

하늘에 서서
땅을 내려다보는
구름이 되고자
다시 내려올 줄 알면서
차오르는 숨을 고르며
오르고
또 오르는
인생 같은 것.

인생이란!

"인생!
뭐 별거 있나요?
전세 아니면 월세지..."
어느 방송 아나운서가 가볍게 던진 말
웃어넘기기에는
너무 깊다

내 것인 것도 없고
내 것이 아닌 것도 없는
그렇게 빌려 쓰다
돌려주는 것

전세 아니면 월세
그것이
인생인데...

바다에 뿌린 씨앗

고요한 아침의 나라
이 땅에 복음 들고 들어와
무지한 백성들을 일깨우던
그대 아펜젤러
그 날도 성경번역 회의를 마치고
인천에서 목포로 배를 타고 가던 중
선박충돌사고로
그대는
그곳에 잠들었습니다

피워보지도 못하고
허무하게 져버린 수백송이의 꽃들
세월호 아이들아!
너희들은
이 불의한 나라에 무엇을 주려고
차디 찬 바다에 뿌려졌느냐?
하나님의 공의가 강물처럼 흐르는
바르고 정직한 세상을 세우려고
그렇게 잠들었느냐?

너희들은
우리가 너무도 오랫동안 잊고 있었던
아펜젤러였나 보다.

그대

그대가
내 곁에 없어도
나는 그대를 볼 수 있습니다
그대는 언제나
내 눈 안에
있
기
때
문
입
니
다.

동행 2

훗날
누군가 우리에게 묻는다면
함께 걸어왔기에
행복했노라고
말할 수 있으면
좋겠습니다.

비우다

아무런
미련도 없이
비우다

두텁게 입었던 옷도
묵직하던 열매마저 보내고
그리움마저 떠나보낸
가을나무

담백하게
홀로 서다.

세월과 바람

하늘은 하늘처럼
산은 산처럼
강은 강처럼
바다는 바다처럼
언제나 변함이 없는데

별은 지고
시간도 흐르고
마음도 변하고
사람도 늙어가고
책도 빛이 바랜다

어디서 왔는지
어디로 가는지
바람 같은
세월.

화려한 외출

넥타이와
시계를 풀어 놓고
설레는 가슴으로
화려한 외출을 떠납니다

20대 철부지 때부터
점잖은 옷을 입어야 했고
규정된 시간의 굴레에 따라
아슬아슬한
유리상자 속에서 살았습니다

그동안의 여정을 뒤돌아보며
잠시 쉬어 가려 합니다
삐뚤삐뚤 걸어왔던 지난날의 아쉬움들
지워지지 않는 못 자욱들
만년설처럼 쌓여있는 것들을
다 벗어버리고
다시 걸어가야 할 길을 바라보며
새로운 꿈을 꾸려합니다

푸른 하늘 쟁반에
바다도 담고
산도 담고
강도 담고
바람도 담고
그렇게 돌아 오려합니다

이제 나는
화려한 외출을 떠납니다.

(화려한 외출 – 2015년 60일간의 안식 휴가)

너무 오래 걸렸습니다

알면서도
바쁘다는 핑계로
아직 더 놀고 싶은 마음에
외면하며 살던 세월

덜커덕
병을 얻고서야
눈물로 고백하는
그 말에
나도 울고 말았다

주님
돌아오는데
너무
오
래
걸
렸
습
니
다.

경험하지 않은 것에 대하여

1
사랑하는 아버지 소천 하셨던 그 날
허례허식인줄로만 알았던 근조화환들이 위로임을 알았고
차가운 땅에 그 분을 두고 오면서
망주석을 세우는 이들의 마음을 이해하게 되었다.

2
사랑하는 아들을 군대에 보내던 그 날
무너지는 부모의 심정을 알았고
간혹 힘이 있고 뒷줄이 있어서
아들을 군대에 보내지 않은 사람들까지도 이해하기로 했다
나에게도 뒷줄이 있다면 그러고 싶었다.

3
우리 집 강아지 '박희동' '박둘리'
애견을 집착하는 이들을 도무지 이해하지 못했는데
희동이와 둘리가 우리 집에 온 이후
나도 애견가가 되었다.

경험하지 않은 것에 대하여
함부로 말하지 말아야지.

염치없는 기도

오, 주여!
오십 의인을 위하여 용서 하소서
부족하고 또 부족하여
의인 열 명만 남더라도
용서하소서

우리가 당신의 눈을 벗어나
악인의 길을 걸어갈 때에도
여전히 잠잠한 사랑으로 인도하시고
아름다움이 스러지지 않도록
도우소서

사랑하여 주소서
오, 주여
나의 당신이여.

우물가의 여인처럼

모든 것을 다 가져도
아니 다 가졌다고 우겨보아도
아무것도 가진 것 같지 않은 나는
우물가의 여인처럼
허전하고 슬픕니다

오늘도 나는
더 갖고 싶고
더 채우고 싶은 욕심으로
물동이를 들고 나섭니다
분명히 나는 항아리 가득 채울 것입니다
언제나 그렇듯 만족하고 행복할 것입니다

그런데
돌아서고 나면 다시 그립고
돌아서고 나면 다시 슬픈 것은
무엇 때문인가요?

나는
다 가진 사람인가요?
아무것도 가지지 못한 사람인가요?

첫눈이 내렸습니다

첫눈이 내렸습니다
아주 깊은 밤에
바람을 타고 내렸습니다

문득, 첫눈이 오면 만나자던
어릴 적 동무들이 생각이 납니다
지금은 어디서 무엇을 하고 사는지
그들도 첫 눈을 보면 그 약속이 생각이 나는지
교회마당에 은행나무는 여전히 있는지
눈 내린 초등학교에
누가 먼저 발자국 도장을 찍었는지
달려가 보고 싶습니다

첫눈이 내렸습니다
아주 깊은 밤에
세월에 무디어진 마음에
설레임으로 내렸습니다.

하얀 성탄

밤새
하얀 눈이
온 세상을 덮었습니다

베들레헴 말구유에
아무도 모르게 오신 주님처럼
별빛도 숨 죽이고
나뭇가지 바람도 잠든 사이
하얀 세상이 되었습니다

추하고 냄새나는
인간 세상 더 이상 볼 수 없어
그대로는 올 수 없어
하얀 눈으로라도
덮어야만 했기에
오늘은
세상 모든 마음에도
장식합니다.

송구영신의 노래

숱한 사연들이
추억 속으로 떠났습니다

맑은 날의 행복함도
흐린 날의 우울함도
때로 비가오고
눈이 오는 날의 눈물짓던 일도
바람 부는 날의 방황은 왜 없었겠습니까?
그러나 이제는
기억속의 한 부분일 뿐
그렇게 보내버렸습니다

새해, 첫 시간
성스러운 시간에
새로운 기대와 희망을 노래하며
다시 그대와 걸어 갈
신발의 끈을 묶고 있습니다

훗날 만일
우리가 함께 걸어 온 길을 돌아볼 때
아주 똑바르지는 못하더라도
그래도 바르게 잘 걸어왔다고
자신하면 좋겠습니다
그렇게
다시 시작합니다.

다섯
그리움의 노래

그들이 걸어간 길은
우리가 가야 할 길이고
이 세상에 단 하나만이 존재하기에
그것은 그리움입니다.

입당감사의 기도

얍복강가에서의 야곱처럼
우리가 그렇게
1,000일 매일 밤을 기도하였습니다.

자신의 전부를 드린 마리아처럼
우리가 그렇게
우리의 전부를 드렸습니다.

다윗이 그토록 원하던 것을
솔로몬이 그토록 감격스러워하던 것을
부족한 저희들에게도
허락하심을 감사드립니다.

주여!
이 성전에서 드려질
예배를 통하여 영광을 받으소서.
이 성전을 통하여
인류 역사를 움직일 일꾼이 배출되게 하소서.
이 성전을 통하여
세계 선교가 이루어지게 하소서.

예수님의 이름으로 기도 드리옵니다. 아멘.

(2002년 10월 20일 은파교회 건축기공예배)
(2003년 10월 18일 은파교회 입당감사예배)

스물여섯 해의 노래

무수한 밤을 수놓았던 별처럼
푸른 산줄기를 타고 불어오는 바람처럼
소리 없이 굽이쳐 흐르는 강물처럼
그렇게 흐른 세월이
어언 스물여섯 해

연두 빛 봄날의 새싹처럼
미약하고 소박한 시작이었지만
여름 소낙비 같은 고난의 눈물 거름삼아
이제는 큰 나무로 성장하여
많은 이들에게 그늘을 만들어주고
든든한 일꾼들 세움 받아
온 누리에 큰 빛을 발하는 그대는
주님의 기쁨이어라

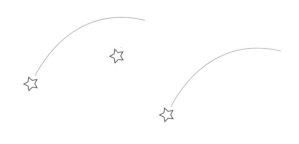

이제
초대교회의 열정으로
사중복음의 나팔을 더욱 힘차게 불고
독수리처럼 힘 있게 솟아올라
세례요한처럼 시대의 예언자로 서라
대한민국을 넘어
온 세계를 품은 그대는
큰 빛이요
주님의 자랑이어라.

(2012.5.13. / 큰빛교회 임직식 축시)

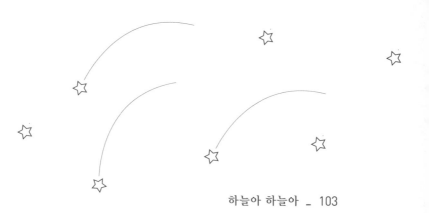

공북리 사람들

해방의 기쁨과
민족상잔의 비극 이전부터
벽촌 공북리에는 뜨거운 심령들이 있었다
전쟁 중에 닫혔던 사랑방 예배는
드디어 1956년 8월15일
뜨거운 여름의 구령열로
공북교회라는 이름으로 세워졌다

창조주 하나님처럼
흙벽돌 찍어
한 장 한 장 쌓아올린 예배당
장마에 무너지면 다시 쌓고
바람에 삭아지면 다시 쌓고
흐르는 세월 따라
네 번이나 예배당을 지어 올렸다
수 만번 울렸던 새벽 종소리는
땅 끝을 향해 퍼져 나가고
심어지고 키워진 공북의 자녀들
열방을 향해 나아가는 일꾼이 되었도다
마음 모아 꿈 모아
오늘 세운 미래관
상상 못 할 열매 맺으리

이제
대한민국의 중심도시 청주
미래 발전을 위해 준비된 마을
우리 함께 일어서자
우리 함께 나아가자
살아왔던 세월보다
살아 갈 날들이 더 귀하고
꾸어왔던 꿈보다
이루어질 꿈이 더 아름다운
아! 그대
공북리 사람들이여!

(2012년 공북교회 임직식 축시)

아름다운 약속

천지만물을 창조하신 하나님께서
사람의 몸을 입고 낮고 천한 이 땅 오신 성육신과
골고다 언덕 십자가위에 죽으심을
그 분은 한마디로
사랑이라 하셨다

그 분은
당신의 고난과 죽음과 부활을
온 세상 사람들에게 전하는 증인의 삶을
우리에게 부탁하셨고
우리는 그것을 약속이라 하였다

노아에게 보이신 무지개를 그리며
아브라함처럼 본토 친척 아비의 집을 떠나
미지의 땅으로 떠나 온 사람들
대나무 숲에 둥지를 틀고
하늘만 바라보며
곧고 바르게 자라 온 세월들
이제는 든든한 나무로 자라
온 세상 열방들을 향해
그 분의 사랑을 전한다

오, 그대여!
일어나 빛을 발하라
초대교회처럼 타올라라
용광로처럼 사랑하라
지축을 흔들만큼 부흥하라
복이 될지라
아름다운 그 약속
자손만대 누리며
영광을 돌리리라.

(2013.5.26. 약속의 교회 임직식 축시)

초양교회 이야기

세월의 강산
두 번이나 변하는 동안
푸른 풀밭과 쉴만한 물가로 인도하는 주님처럼
지친 영혼들 가슴에 품고
그렇게 살아 온 그대들
여기에 있다

볼품도 없이 기약도 없이
미약한 시작이었지만
병아리처럼 힘겹게 나약함을 깨고 나와
아름다운 예배당 지어 드리고
장성한 성장과 부흥 이루어
높게 우뚝 서서 빛을 발하는
예배당 증축의 영광
주님께 올려드린다

이제 다시
한마음으로 사랑하고
열심을 품어 기도하고
뜨거운 구령열에 불타올라
날마다 구원받는 이가 더해가는
아름다운 초대교회 이루어라
사중복음 깃발 더 높이 들고
땅 끝까지 열방을 향해 나아가라

오, 그대!
온 세상 목마른 영혼들을
푸른 풀밭과 쉴만한 물가로 인도하는 그대는
초양교회이어라.

(2013년 초양교회 입당예배 축시)

은산리 사람들

역사의 어둠이 짙어
언제나 동이 틀까 방황하던 슬픔의 때에
그대는 한 줄기 희망으로
이곳에 섰다

세월의 강물 흐르고
질곡의 바람 산위에 불어
강산이 열 번이나 변하는 동안
수 만 번 울렸던 새벽 종소리는
땅 끝을 향해 퍼져 나가 여전히 울리고
은혜의 산에
심어지고 키워진
헤아릴 수 없는 그대의 자녀들
열방을 향해 나아가는 일꾼이 되어
오늘 바다를 이루었도다

이제
흘려왔던 100년의 은혜
다시 흐를 100년의 열정으로
사중복음의 나팔을 더욱 힘차게 불고
독수리처럼 힘 있게 솟아올라
대한민국을 넘어
온 세계를 품은 그대는
은혜의 큰 산이요
주님의 자랑이어라.

아! 그대
은산리 사람들이여!

(2014.10.26. 은산교회 선교사 파송식 축시)

김기봉(金奇封) 님을 그리며

오, 님이시여!
그대는 주님의 기쁨이요
우리의 자랑이어라

골육친척의 영혼을 사랑하여
이곳에 시동교회를 설립하고
예배와 설교를 인도하던 세월이여

피할 길 열렸지만
복음과 교회를 위해 굳이
청주내무소 6호 감방
청주형무소 7호 감방을 마다하지 않으시고
공산당의 온갖 고문 주님처럼 이겨내고
사슬 꽁꽁 매인채로
불 뿜는 총소리 찬송삼아
하나님 품으로 가셨어라

오, 님이시여!
주님이 그대를 기억하듯
우리도 그대를 기억하리오.

*김기봉(1909.5.25-1950.9.24) : 시동교회 순교자
시동교회 설립88주년을 맞아 순교자기념비를 건립하며
이 시를 시비에 담았다.

해설

원초적 미학의 시 마당

원초적 미학(原初的 美學)의 시 마당

강준형(시인 / 명예문학박사)

먼저 박도훈 시인의 두 번째 시집의 출간을 진심으로 축하한다. 시집 표지 안쪽의 글에서 박 시인은 '서정적인 풍경을 좋아한다. 글들의 소재를 자연적인 것에서 취하지만 자연과 인간의 교감을 기독교적 초석 위에 바탕을 두고 형상화하고 있다.' 라고 말하고 있다.

그런 면에서 볼 때 박 시인의 시작품들은 원초적 미학의 시 마당으로 보는 것이 바람직하다.

창세기를 보면 하나님께서 만물의 하나하나를 창조하시고 '보시기에 좋았더라' 라고 말씀하셨다.

여기서 '보시기에 좋았더라' 는 만물의 원초적 미학의 출발을 뜻한다.

그런 맥락에서 볼 때, 박 시인의 시 세계는 원초적 미학의 절정을 이룬 작품들로 '하늘아 하늘아' 의 시 마당을 이루고 있다고 본다.

이제 박 시인의 시 마당을 순례하면서 작품 분석을 통한 작품의 원초적 미학의 이모저모를 살펴보기로 한다.

『하나 / 아침이 좋다』의 시 마당에서

　　　바람이 불어
　　　나뭇잎 모두 떠나고 나면
　　　수줍은 술래처럼 덩그러니
　　　그만 들켜버렸다
　　　마른 가지 사이 불어오는 겨울바람에
　　　흔들리다가 흔들리다가

체념하듯 그냥
바람을 맞는다

바람이 지나가고
어두운 밤이 지나가면
떠나간 푸른 새 돌아와
빈 둥지 지켜주겠지
동구 밖 아이
장에 간 엄마를 기다리듯
고개를 높이 빼들고
구멍 난 가슴속 시린 바람 참고
흔들리듯 기다린다

– 「까치집」전문

　우리들의 생활공간에서 흔히 볼 수 있는 '까치집'을 소재로
해서 시인은 '아름다운 기다림의 미학'을 통하여 새봄에 펼
쳐질 '푸른 꿈'을 노래하고 있다. 한편, 그러한 날을 맞기 위
한 온갖 시련의 과정에서 '인내하는 아름다움'도 더해주고
있는 작품이다.

이렇게 사물에 대한 고차원적인 시인의 '감정이입(感情移入 : empathy)'의 기술은 하루 이틀에 이루어진 것이 아니므로 높이 평가하고 싶다.

높은 하늘이 좋아
위만 바라보고 올라가는
너의 믿음이 부럽다

텅 빈 마음이 좋아
속을 시원하게 비워버린
너의 겸손이 부럽다

곧은 생각이 좋아
절대 간사하게 굽지 않는
너의 지조가 부럽다

밝은 내일이 좋아
오늘 마디마디 아픔 참는
너의 인내가 부럽다

－「대나무」전문

이 시는 두보(杜甫 : 712-770)의 '생각하는 시'를 닮은 시로 대나무를 통하여 '믿음', '겸손', '지조', '인내'가 우리들의 삶의 질을 높일 수 있다는 내용을 담고 있다. 그런 면에서 시가 인간 생활의 품격(品格)과 질(質)을 고차원적으로 격상(格上 : upgrade)하는 막강한 힘(power)을 가지고 있음을 보여주고 있다.

『둘 / 하늘이 좋다』의 시 마당에서

하늘아, 하늘아!
너는 왜 말이 없느냐?
다 보고 있으면서
답답한 마음을 다 알고 있으면서
왜 아무 소리 없는게냐?

그렇지,
영원히 펼쳐진 채로
그렇게 있는 것이 대답이겠지
구름도 품고
바람도 품고

어둠도 품고
그것이 대답이겠지.

        - 「하늘아 하늘아!」전문

  이 시집의 제목이기도 한 「하늘아 하늘아」는 박 시인의 역작시라고 할 수 있다. 1, 2연을 통하여 문답형식을 취하고 있는 것이 형식상 특징으로 우주 만물의 영원성(永遠性)의 진리를 제시하고 있다고 본다.

  1연에서 창조주 하나님은 세상 만물을 창조하시고, 그 운행의 주인이면서도 2연을 보면 당신의 섭리 속에 펼쳐지는 조물주의 세계는 오직 인간에 대한 하나님의 사랑(agapé)으로 충만한 것을 노래하고 있다.

  시 전체의 흐름을 보면 1, 2연을 통한 조화미로 절창을 이루고 있다.

  두고두고 생각해보아도 그렇다. 아버지 살아계실 때, 내가 가장 잘 한 일 한 가지는 당신께서 누우실 그 자리를 미리 사드린 일이다. 누워계신 그 자리를 당신과 함께 보러 간 그 날, 장날에 새 옷을 사러간 아이처럼 좋아하셨다. 무성하게 자라나 어린아이 짧은 머리카락처럼 깎아진 잔디가 나를 위로하지만, 오늘도 여전히 그 분이 그립다.

- 「아버지」전문

형식이 산문시라는 것을 염두에 두고 읽어갈 때 허구(fiction)아닌 사실의 이야기(nonfiction)에 근거를 두고 펼쳐진 내용을 담고 있는 것이 그 특징이라 할 수 있다.

시의 내용이 사실에 근거하면서도 아름답게 펼쳐질 수 있다는 것을 잘 보여준 시이다.

그도 그럴 것이 박 시인이 아버님 생전에 아버님의 묘소가 될 땅을 구입하고, 그곳에 아버님을 모시고 갔을 때 아이처럼 좋아하셨던 생전의 그 모습을 떠올리면서, 지금도 그분이 그립다는 그 심정을 잘 묘사하고 있다.

이처럼 한 편의 시가 가족애로 승화할 수 있고, 나아가 인간애로도 꽃피울 수 있다는 것이 시가 가질 수 있는 매력이 아

닐까 생각한다. 그리고 그러한 시 꽃(詩花)을 피울 수 있는
박시인의 시적기법(Poetic technic)을 높이 평가할 수 있다.

『셋 / 가을이 좋다』의 시 마당에서

뛰어가다 보면 걸어가고 싶고
걸어가다 보면 서있고 싶고
서있으면 앉고 싶고
앉으면 눕고 싶고
누우면 자고 싶은
나
눕지 말고
일어나 앉고
앉아있기보다는 서고
서있기보다는 걸어가고
걸어가기보다는 열심히 뛰어가자

- 「모래시계」전문

「시는 그림이다」란 명제(名題)를 내걸고 시의 회화성을 살린 작품이라고 할 수 있다.

'나'를 중심으로 상단의 5행은 역삼각형으로 하단의 5행은 삼각형을 이루고 있다.

그 내용인즉 상단 5행에서는 '삶의 평안'을, 하단 5행에서는 '생존경쟁의 승리자'를 잘 묘사하고 있다고 본다.

이런 기법을 통하여 '삶의 승리'를 구가(謳歌)하기란 어려운 일이다.

박 시인의 조직적인 두뇌의 작동에서 이루어진 것이라고 볼 때 독자들의 눈과 마음을 사로잡은 가작이 아닐 수 없다.

『넷 / 인생이 좋다』의 시 마당에서

　　　아무런
　　　미련도 없이
　　　비우다

두텁게 입었던 옷도
묵직하던 열매마저 보내고
그리움마저 떠나보낸
가을나무

담백하게
홀로 서다

　　　　－「비우다」전문

　이 시는 나목이 되어 홀로 선 '가을나무'에서 「비움」의 아름다움을 탐색한 시인의 마음을 사고 싶다.
　박 시인은 시의 다양한 소재 가운데 그 시의 내용에 적합한 제재를 찾아 거기에 '시의 옷'을 아름답게 입히는 기술이 남다를 뿐 아니라 뛰어나기에 이와 같은 시를 수확하게 된 것이다.

　1연에서는 미련 없는 「비움」, 2연에서는 「비움」을 위해 '입었던 옷', '묵직하던 열매', '그리움'을 과감하게 털어버리는 결단을 보여주면서 담백한 모습으로 '홀로서기'에 성공함으로 이와 같은 수작(秀作)을 얻고 있다.

『다섯 / 그리움의 노래』의 시 마당에서

　이 마당의 7편의 시들은 목적을 가지고 쓴 행사시로 크게는 참여시, 작게는 목적시라고 할 수 있다.
　시 창작에서 순수시 범주 밖의 시에 해당함으로 해설에서는 생략하기로 한다.

　끝으로 박 시인의 시 나무들이 이 땅에 아름답게 자라서 울창한 시림(詩林)을 이루기를 기원할 뿐만 아니라, 목사 시인으로서도 목양에 꾸준히 헌신함으로 푸른 목장의 꿈을 실현하시기를 주님의 이름으로 축원한다.

박도훈 시집

하늘아
하늘아

인쇄 2017년 6월 22일
발행 2017년 6월 27일

지은이 박도훈
펴낸곳 대한출판
주소 충북 청주시 청원구 북이면 내수로 796-68
전화 043-213-6761
메일 cjdeahan@hanmail.net

ISBN 979-11-5819-054-5   03800